Survivant

© 2021 Ph. Aubert de Molay/Hispaniola Littératures

Édition : BoD – Books on Demand,
12/14 rond-point des Champs-Élysées, 75008 Paris
Impression : BoD – Books on Demand, Noderstedt, Allemagne

Chargée d'édition HL : Rose Evans

Collection 1 nouvelle

Photographies de couverture : Carine Racine

et Evgeny Karchevsky/agence Unsplash

ISBN : 978-2-3222-6870-2
Dépôt légal : Juin 2021

Survivant

nouvelle

Philippe Aubert de Molay

HISPANIOLA LITTERATURES

Collection 1 nouvelle

Rien n'y faisait.
Michel Brignot,
L'erreur de trop.

Seul, pour être enfin ensemble.
Darius Siam,
À la nuit tombante.

Survivant

Pas compte
Je ne me rendais pas compte
Tout ce désir qui déchire
Tous ces navires qui chavirent
Je ne me rendais pas compte
Qu'il faut si peu écrire
Pour te le dire

C'est un poème qu'elle m'avait écrit. Je me le récite parfois à voix haute, surtout lors des trajets automobiles car le paysage s'accorde toujours avec ces mots d'hier, excusant pour ainsi dire le monde de n'être que ce qu'il est. Des forêts dont le périmètre se réduit de mois en mois, des zones commerciales dont la circonférence s'agrandit de jour en jour. Elle m'avait écrit ces mots un jour d'avril et je les avais trouvés notés au verso d'un emballage de chocolat noir 85 % de cacao bio. Plié en deux et coincé sous mes essuie-glaces cet emballage, le poème légèrement effacé par un moment de pluie mais pas de problème j'ai pu tout lire.

Je ne me rendais pas compte
Qu'il faut si peu écrire
Pour te le dire

C'est étrange de repasser par là-bas. Cette ville de Pontarlier. Où elle n'habite plus sans doute. Ce poème *Pas compte*. Qu'elle avait d'abord écrit une nuit sur le drap blanc avec un gros feutre gris *pour qu'on fasse l'amour et qu'on dorme dans des mots* elle avait dit. Géographiquement, Pontarlier, située à plus de 800 m d'altitude dans le massif du Jura, au pied du Larmont (1323 m) et traversée par le Doubs, est la deuxième ville la plus haute de France après Briançon. L'écriture sur drap, c'était un 24 avril. La Saint-Néon, nous avions découvert. On avait bien aimé ce drôle de prénom, Néon. C'était électrisant, bien sûr bien sûr ha ha.

Traverser cette petite ville. La boulangerie au rond-point à l'entrée, acheter une tarte aux fruits. Son appartement avec le minuscule jardin et le rosier grimpant, la petite salle de bain orange, la cuisine avec la grande table et le poste de radio connecté pour aller sur Deezer (Affirmez vos goûts en créant vos propres playlists ! Musique Streaming. Tablettes. Son Haute Qualité. 56M de Titres Disponibles. PC/Mac. Mobiles), le canapé-lit avec la pile de magazines *Elle* suffisamment haute pour accueillir une lampe de chevet à l'abat-jour semblable à une grande corolle de fleur blanche. Ou rose peut-être, il ne sait plus.

J'ai dormi là avec elle. Feutres fluo en main, on avait relu ensemble son mémoire pour l'école d'infirmières. On écoutait dans le noir la musique des voitures passant dans les flaques d'eau du boulevard. Billie Holiday, très présente, notre bande-son. *Come rain or come shine* cette chanson en boucle. Au lit, nous lisions une vieille *Vie des saints* trouvée sur la brocante des Granges-Narboz : *Astérios, Claude, Néon et Néonille perdirent leur mère et vécurent quelque temps sous la tutelle de la seconde femme de leur père lorsque celui-ci mourut à son tour, renversé par le char d'un riche marchand conduisant ivre-mort. Pour s'emparer des biens qui étaient dévolus aux enfants, la belle-mère les dénonça comme chrétiens. Asterios fut flagellé puis décapité avec une scie de bûcheron. Claude fut suspendu par les doigts à une potence et eut les pieds brûlés. Néon fut décapité à son tour et Néonille mourut la poitrine recouverte de charbons ardents. « Ces maux apparents sont les arrhes des biens éternels », déclara Claude, inébranlable. Martyrs à Égée, en Cilicie († v. 303).* Au total et d'après des estimations empiriques que l'on peut qualifier de fiables, nous avons dialogué (*en profondeur* comme elle disait) autour de 525 600 minutes. Ne se vivra jamais plus la même chose. Même si probablement, comme presque toujours dans les histoires d'amour, un seul d'entre nous deux aura reçu ces heures avec une telle intensité. Ces jours précieux.

Mais qu'est-ce qu'un jour précieux ? Il se demande en traversant Pontarlier avec lenteur comme pour revenir en arrière, comme pour retrouver sa route. C'est peut-être un jour dont on se souviendra parce que l'on sait avec une absolue et farouche certitude qu'aucun autre jour ne pourra jamais plus lui ressembler.

525 600 minutes =
3.1536E+16 ns (nanoseconde)
3153600000000 nous (microseconde)
31536000000 ms (milliseconde)
8760 h (heure)
365 j (jour)
52,14285714286 (semaine)
1 an
0,1 (décennie)
0,01 (siècle)
0,001 (millénaire)

Ensuite ça s'est terminé. Revoir cette ville, c'est comme revoir cette femme. C'est bon et douloureux en même temps, il se dit, les mains un peu crispées sur le volant et autant ne pas s'éterniser ici, on finirait par trop penser. Maintenant c'est loin. Dix ans. Même si on retourne vers ce loin tous les jours. Dix ans dix ans dix ans.

Oui ensuite ça s'est terminé sans trop qu'on sache pourquoi en fait.

De toute manière c'est décidé, il sait qu'il va habiter dans une caravane dans la forêt, s'éloigner de la race humaine, partir. Retrouver ce qu'il ne connaît pas, le vide le silence le temps. Les choses difficiles, les vraies. Attraper une truite à mains nues par exemple, aimer quelqu'un longtemps qui sait ? D'ailleurs aimer quelqu'un longtemps revient à attraper une truite à mains nues. Se passer de facebook de twitter et de toute cette farce grotesque des smartphones que l'on consulte toutes les douze secondes sera encore plus dur que le coup de la truite avec les mains mais cette délivrance en vaut la peine. Libération.

Même si le Jura n'a pas grand-chose à voir avec l'Alaska, c'est un peu un plan à la Chris McCandless. Chris McCandless, ce jeune homme qui, dans les années quatre-vingt-dix, avait pris le large pour rallier les étendues sauvages de l'Alaska. Cette histoire le fascine. Alors maintenant, s'en aller aussi, faire comme lui. En moins tragique de préférence car la fin de Chris fut abominable, il ne méritait pas ça. Mais faire comme lui.

Les autorités de la région le savent et ce n'est pas la première fois qu'un pareil accident survient. Là, c'est une jeune Biélorusse de vingt-quatre ans qui est décédée en Alaska, où se trouve le vieux bus abandonné qu'évoque Jon Krakauer dans son roman, *Into the Wild*. Veranika Nikanava s'est tuée en tentant de traverser la rivière Teklanika.

À peine mariés, la jeune femme et son époux Piotr se sont rendus dans le parc national de Denali, un parc naturel américain situé au centre de l'Alaska et qui comprend le Denali, le plus haut sommet d'Amérique du Nord (6190 m). Le parc s'étend sur 24 585 km^2, soit la taille de quatre départements français. Le mot « Denali » signifie « les hauteurs » en langue athapascane. Dans ces lieux, un bus éreinté fait l'objet depuis plusieurs années d'un véritable pèlerinage. En effet, le site du Bus 142, anciennement utilisé par la commune de Fairbanks – et baptisé Magic Bus – est le lieu emblématique du roman *Into the Wild*. Des gens meurent pour voir ce bus. La région est isolée, difficile d'accès, loin de tout secours. La furieuse rivière Teklanika coule en direction du nord depuis le glacier Cantwell dans la chaîne d'Alaska et se jette dans la rivière Nenana. Son cours se situe pour sa plus grande part à l'intérieur du Parc national, dont l'unique route le croise au mile 31. La Piste Stampede la traverse aussi, laquelle a été utilisée au début du XXe siècle pour la prospection de l'or et du platine trouvés sur ses rives. Lorsqu'il songe à ces choses, il se dit : un jour peut-être j'irai là-bas, je visiterai ces lieux saints vénérés par les vrais amoureux de la nature sauvage. Oui j'irai. J'ai déjà le guide de l'Alaska (*Le Petit Futé*, l'édition de 2019), ne reste plus qu'à se rendre sur place. Ne reste. Plus qu'à. Ne.

Un jour j'ai décidé de partir, de quitter la vie citadine, d'en finir avec les SMS, les tweets et les mails. De tenter de ne plus être surveillé par ces millions de caméras. L'ultime mail que j'ai lu c'était : *De faux emails et des appels téléphoniques vous demandant vos coordonnées personnelles et informations bancaires peuvent vous être adressés au nom de BNP Paribas. Il peut s'agir d'une tentative de fraude. Veillez à ne jamais y répondre, ne pas cliquer sur les liens, ni ouvrir les pièces jointes. En cas de suspicion, contactez immédiatement le centre de relation client au 3577. En savoir plus* (et là il fallait cliquer et donner encore encore encore un identifiant et un mot de passe). J'ai dit comme ça à voix haute : je ne veux plus mémoriser utiliser me faire chier avec des identifiants et des mots de passe toutes les trois minutes au secours non, je n'en peux plus des identifiants et des mots de passe, je pars habiter dans ma caravane en Alaska dans le Jura. J'avais pourtant un travail lucratif consistant à massacrer les rats dans les égouts (si c'est un travail) et je montais en même temps un plan de vente de chaussures en ligne. Mais j'ai dit ça suffit stop. Changer de vie. Devenir moi-même. Les arbres, les rejoindre. Rentrer vers la vraie vie. Redevenir.

Plafonnier LED / Spots de lecture LED / Chauffe-eau Orion-therme 5L / Douchette sur flexible / Réservoir d'eaux usées 30L à roulettes / Chauffage gaz Orion 3004 / Coussins & matelas confort 15 cm ambiance Saïgon, c'était l'équipement de base auquel s'attendre avec ce modèle d'abri roulant dont j'ai pu lire le descriptif sur internet. Mais plus rien ne marchait lorsque j'ai trouvé cette caravane. Qui avait bien pu l'abandonner en pleine forêt ? Quelqu'un de mort et nul n'avait su où il avait laissé sa caravane ni même peut-être qu'il en possédait une ? Allez savoir, c'était son secret ? Entre le pic de l'Aigle et le belvédère des Quatre-Lacs, ce refuge loin des hommes – et des femmes. Cette chapelle de plastique et de tôle dédicacée par moi à saint Chris McCandless, l'apôtre élu de l'Alaska.

Moisissures, infiltration d'eau, plancher pas très net, vitrage tellement noir de poussière et feuilles d'automne séchées emmagasinées en pyramide dans un coin de l'habitacle car la porte n'était pas totalement close et des rongeurs avaient fait des nids de végétaux à droite et à gauche. Toute l'électricité à revoir (j'ai installé en solaire. Et les bougies feront le reste). Énorme ménage. Mais c'est mon Alaska.

Je connais par cœur l'évangile selon Chris : c'est dans la carcasse d'un vieil autobus (dont on se demande comment il avait bien pu atterrir là au cœur d'une région totalement désertique et pour ainsi dire sans réseau routier) que l'apôtre Chris McCandless, vénéré soit son saint nom, s'installera le 1er mai 1992, jour clair et venteux plus que frais. Ce n'est pas une légende, il fait toujours un peu froid en Alaska. Personne à des kilomètres. Le vide.

Sur place, le jeune homme passe près de quatre mois, les derniers jours de sa vie (112 jours de survie dans une nature sauvage), se nourrissant essentiellement, outre de petits animaux qu'il chassait à la carabine, de racines de pomme de terre sauvage. Seul en s'éveillant, seul en s'endormant.

Christopher Johnson McCandless surnommé « Alexander Supertramp », né le 12 février 1968 à El Segundo en Californie et mort le 18 août 1992 sur la piste Stampede en Alaska, est un aventurier américain ayant fait l'objet du récit biographique *Voyage au bout de la solitude* (*Into the Wild*) de Jon Krakauer, adapté au cinéma en 2007 par Sean Penn sous le titre *Into the Wild*. Vous ne le croiriez pas si je le racontais mais lors d'une randonnée solitaire j'ai bel et bien trouvé une caravane abandonnée et totalement déglinguée dans un coin perdu entre le pic de l'Aigle et le belvédère des Quatre-Lacs.

Véridique.

Selon les dires de cette femme, le poème *Pas compte* est le seul qu'elle avait écrit dans sa vie. Le seul. J'ignore comment. Mais je sais pourquoi, elle avait ajouté. Et j'avais écouté cette petite rousse aux yeux gris me raconter l'histoire de ce poème, avec cette façon si particulière qu'elle avait de parler de l'amour. Comme si l'amour existait vraiment. Comme si être amoureux ce devait, même pour quelques semaines, être pour l'éternité complète.

Mantra : tu sais, pendant quelques semaines, je t'aime pour toujours.

Alaska signifie « Grande Terre » ou « Continent » en langue aléoute. Cette région, que l'on appelait au XIXe siècle l'« Amérique russe », tire son nom d'une longue presqu'île, au nord-ouest du continent américain, à environ mille kilomètres au sud du détroit de Bering, et qui se lie, vers le sud, aux îles Aléoutiennes. Le surnom de l'Alaska est « la Dernière Frontière » ou « la Terre du Soleil de minuit » ou « Là où est ton bout du monde » si vous préférez. Abandonné depuis trente ans, le bus a servi de domicile à Chris McCandless. Décédé, manifestement de faim. Son histoire fut d'abord reprise par Jon Krakauer dans un article de 1993, avant d'être par la suite développée dans le fameux roman de 1996, *Into the Wild* (éditions 10/18, trad. Christian Molinier). « Là où est ton bout du monde » est une jolie expression. Chacun ressent un jour ou l'autre le besoin de trouver le sien. Elle est faite pour moi cette caravane. J'ai trouvé mon *bus*. Cette caravane, cachée sous les arbres, oubliée depuis une éternité quelque part vers les belvédères du pic de l'Aigle et des Quatre-Lacs mais je tairai l'endroit précis, ces magnifiques points de vue sur le Jura, le Grandvaux et sur les lacs sauvages d'Ilay, Narlay, Petit et Grand Maclu. Par temps clair, depuis le pic de l'Aigle, vous pourrez même apercevoir le massif impressionnant et rosé du Mont-Blanc.

La caravane est une Caravelair Alba 386. Pour avoir une idée de son allure : Google. En seulement 3,8 m de long sur 2,1 m de large, cet abri facile à manœuvrer possède une grande dînette 4 places, un lit adulte de 1,40 m de large (150/145x210) et si besoin deux lits fixes d'appoint. Luxueux.

La piste Stampede (ça veut dire *Débandade* en anglais) a été tracée dans les années 1930 par un mineur nommé Earl Pilgrim et conduisait à des concessions d'antimoine, situées à 60 km de la ville de Healy. La piste subsiste toujours, malgré l'abandon de la mine. En 1961, elle fut partiellement transformée en route : la compagnie Yukan, chargée de réaliser les travaux, acquit alors trois vieux autobus hors d'usage qu'elle transforma en logement sommaire ; lorsque les travaux furent arrêtés, deux des autobus furent rapatriés mais l'un d'eux demeura sur place, à 40 km à l'ouest de Healy (63° 52′ 06,25″ N, 149° 46′ 09,55″ O).

Le 6 septembre 1992, Ken Thompson, Gordon Samuel et Ferdie Swanson se rendent à l'autobus pour en faire leur camp de base afin de chasser l'orignal. Ils y rencontrent un jeune couple qui, alerté par « l'odeur de gibier en décomposition » et un message de détresse manuscrit scotché sur une vitre, se tenait à quelques mètres de l'autobus, effrayé. Passant la tête par une fenêtre cassée, Gordon Samuel aperçoit un sac de couchage d'où dépasse la tête de Chris McCandless, mort.

Depuis, le bus est devenu ce lieu de pèlerinage pour les rares randonneurs arpentant la contrée. Ma théorie c'est que certains endroits possèdent une charge énergétique particulière, spirituelle pour ainsi dire. Par exemple quelque part vers Salins-les-Bains dans le Jura, il existe une usine désaffectée. Une ancienne usine d'emballage de viande dans une petite zone industrielle fermée désormais. C'est là que les gens promènent leurs chiens car les chiens adorent venir sur place, c'est un lieu béni pour eux, peut-être que l'odeur des viandes, imperceptibles pour les humains, traîne dans le remuement du vent, arrimée aux arbres, du tronc jusqu'aux nouvelles feuilles du printemps, comme si la terre, l'eau de pluie, le soleil en étaient imprégnés. Transpirant des murs fatigués de l'usine, s'échappant des fenêtres aux vitres cassées, suintant des machines rouillées et des outils servant à trancher, découper, équarrir, tremblotant dans les flaques d'eau et prisonnière des toiles d'araignées poussiéreuses, il y a la viande. Le sang. Une viande fantôme. L'impression qu'elles sont là. Que toutes ces bêtes mortes ne nous ont pas quittés. Qu'elles cherchent la sortie de l'usine d'emballage de viande. Alors le bus de saint Chris a dû faire la même impression aux gens qui l'ont trouvé avec ce jeune homme mort dedans. Un sanctuaire. Un temple où rien ne finira, où les émotions ne s'évaporeront pas, demeureront à jamais fondues dans le métal, dans le skaï des sièges, dans la crasse des vitres. Ce qui ne meurt pas, c'est ce qui est relatif à la mort.

Ce bus : un lieu saint voué à la fascination pleine d'espoir que la mort produit sur nous. Mourir c'est raconter une histoire. C'est enfin exister vraiment.

Cette femme me manque. Sa voix si particulière. Cette fragilité lorsqu'on comprenait – et elle le comprenait elle aussi avec désarroi – que ce qu'elle désirait le plus au monde, c'était de vivre comme quelqu'un de bien né. Comme une personne ayant grandi dans une famille aisée, possédant un bel appartement avec parquets et cheminée, et cette maison de campagne avec le grand parc et le repas préparé lorsqu'on arrive le vendredi soir car on emploie du monde, nous sommes servis. Elle n'aimait pas savoir qu'elle aurait voulu ces choses, cet autre univers, ces autres attitudes, cet autre langage, elle n'ignorait pas combien c'était ridicule et même, comment dire, pathétique et impur. Mais rester soi demandait tant d'effort. Une fois elle avait dit non je ne peux pas te présenter ma mère, peut-être avait-elle honte de sa mère ? Mais rien de ce qui faisait partie d'elle n'aurait pu me déplaire, ni les choses ni les gestes ni les habitudes ni les gens. Pas question de faire le deuil (comme on dit aujourd'hui avec une expression absurde signifiant que tout est affaire d'étape) de cette relation, je préfère – et cela s'impose de lui-même ce n'est pas un choix – la garder vivante. La vivre encore en quelque sorte. D'ailleurs on ne porte pas le deuil de ses rêves. Pour cela, il faudrait avoir eu la naïveté de penser qu'ils pouvaient s'accomplir. Et pour moi, pas de danger.

Alors qu'ils marchaient tous deux, avec de l'eau jusqu'à la taille, en se tenant à une corde couvrant toute la largeur, pas considérable, de la rivière, Veranika Nikanava aura perdu pied, avant d'être littéralement boxée par les eaux. Le corps de la touriste a été emporté violemment par le courant et elle fut retrouvée, une soixantaine de mètres plus loin, par son mari, Piotr. Rouée de coups par les eaux glacées, Veranika. Le précédent décès remontait à août dernier : un couple franco-suisse avait également tenté de traverser la rivière à pied. Sous le regard indifférent d'un jeune orignal, la femme avait fini par se noyer à moins de deux mètres de la berge, alors que son mari s'en était sorti. L'Alaska de Chris.

J'ai gardé une page imprimée en tout petit lettrage (on dirait de la police 8 ou 9) du martyrologe romain. Un soir, elle avait déclaré écoute je voudrais en savoir plus sur ce saint Néon vraiment j'adore ce nom. On avait trouvé ces renseignements et elle avait imprimé ce qui suit, c'était voici pile dix ans alors cette feuille de papier commence à vieillir, on voit qu'elle pourrait partiellement se désagréger – elle est presque cassante – et l'encre pâlit d'année en année tant et si bien que c'est urgent je vais la placer dans une pochette plastique pour la conserver comme une relique, pièce maîtresse de ma religion personnelle.

Saint-Néon.

Les gouverneurs suivaient impunément leurs humeurs ou leurs haines particulières et faisaient valoir au besoin les anciens édits. Lysias se signala en ce genre dans son gouvernement de Cilicie. Son zèle impie le poussa jusqu'à interroger lui-même Claude, Astère et Néon, tous trois frères, et deux femmes nommées Domnine et Théonille (tu parles des noms), *que le magistrat municipal d'Égée avait fait arrêter tous ensemble pour cause de religion. Claude fut présenté le premier et demeura inébranlable. Le proconsul le fit pendre au chevalet, ordonna qu'on lui appliquât le feu sous les pieds, qu'on lui coupât des morceaux de chair aux talons, et qu'on les lui mît sous les yeux. Il n'est point de perte affligeante, dit-il en les voyant, pour ceux qui aiment Dieu. Ces maux apparents sont les arrhes des biens éternels. Courroucé, Lysias commanda alors de le déchirer avec les ongles de fer, de frotter ses plaies avec des morceaux raboteux de pots cassés, de leur appliquer des torches ardentes. Tout fut inutile et l'on reconduisit Claude en prison. Astère fut traité de la même manière et marqua la même constance. Comme Néon était fort jeune, le proconsul en espéra davantage : mais la force de la grâce n'en parut qu'avec plus d'éclat. Toutes les tortures ne servant enfin qu'à couvrir le tyran de confusion, on conduisit les trois frères hors de la ville pour y être crucifiés ; après quoi on amena les deux chrétiennes qu'on croyait fort épouvantées par ces spectacles où on les avait tenues présentes.*

Domnine confessa la première et fut fouettée avec tant d'indignité et de rigueur qu'elle expira sous les coups. Théonille ne témoigna que du mépris pour les efforts et le vain espoir du persécuteur qui, ne se possédant plus de sa colère diabolique, dit aux bourreaux : Souffletez-la, jetez-la par terre, liez-lui les pieds ; ne vous lassez point de la tourmenter. Suivez-vous vos propres lois, dit Théonille, et vous est-il permis de traiter de la sorte une étrangère de condition libre ? Lysias dit : Pendez-la par les cheveux, dépouillez-la depuis les pieds jusqu'à la tête, et qu'il n'y ait aucune partie de son corps sans blessure. N'as-tu pas honte, reprit-elle, de me mettre en cet état, et ne penses-tu pas que tu outrages dans mon sexe ta mère et ton épouse ? Lysias dit : Qu'on lui coupe les cheveux, afin qu'ils ne lui cachent plus le visage, et qu'elle essuie toute la honte à quoi elle paraît si sensible ; qu'on lui applique des épines autour du corps en forme de ceinture ; qu'on l'étende à quatre pieux ; qu'on la frappe de courroies sur toutes les parties du corps ; qu'on lui mette des charbons ardents sous le ventre, et qu'elle meure ainsi. Peu après l'exécution de ces ordres barbares, le geôlier et l'un des exécuteurs vinrent dire au proconsul : Seigneur, elle a rendu l'esprit. Plus cruel que les bourreaux, et non encore satisfait : Cousez, leur dit-il, son corps dans un sac, liez-le bien, et le jetez dans l'eau ; ce qui fut exécuté sur le champ. À Égée en Cilicie, en 303, les saints martyrs Claude, Astèrius et Néon, Domnine et dit Théonille moururent dans de grands tourments.

Sa main a juste glissé hors de la mienne. Comme si nous étions en train de tenter la traversée de la boxeuse rivière Teklanika.

Oui ensuite ça s'est terminé sans trop qu'on sache pourquoi en fait.

L'hypothèse reprise par le film de Sean Penn est que Chris McCandless aurait consommé par erreur, au lieu des tubercules de pomme de terre sauvage (*Hedysarum alpinum*), les tubercules d'une plante très proche (*Hedysarum mackenzii*), toxiques, qui l'auraient empoisonné au point de ne plus pouvoir digérer la nourriture. Aujourd'hui, après plus de vingt ans de débats houleux sur le sujet, la thèse suivante a été validée et publiée dans une revue scientifique par Krakauer lui-même : Christopher McCandless est bien mort de faim parce qu'il s'est empoisonné avec une graine jusqu'alors considérée comme comestible. L'insipide poison l'a vraisemblablement rendu trop faible pour bouger, chasser ou cueillir. Ou quitter les lieux pour chercher des secours. *Si le Guide de plantes comestibles de McCandless l'avait prévenu que les graines de H. Alpinum contenaient un composant végétal hautement toxique il serait sans doute sorti du monde sauvage en août aussi facilement qu'il y était entré en avril et serait toujours en vie aujourd'hui* est-il précisé dans divers articles de presse.

L'écrivain a fait analyser les deux types de plantes présentes autour du bus et les résultats ont démontré la présence d'acide oxalyldiaminopropionique (ODAP) dans celles-ci. Le corps de Chris fut incinéré et ses cendres remises à sa famille le 20 septembre 1992.

Arrête d'être belle comme ça deux secondes. Que je puisse travailler, tu entends : arrête d'être belle comme ça un moment deux secondes, je lui disais et elle souriait à m'en fendre le cœur tellement on vivait cette scène. C'est banal de le dire mais avec elle j'existais. Soudain le monde régnait et j'en faisais partie. Je m'étais frayé un chemin à travers les ronces vers son réel. Longue marche. Elle me parlait en me *voyant*, en reconnaissant qui j'étais, devinant ce que je pouvais faire de bien. M'encourageait. Me rendait capable. Avant elle, si j'avais été un super-héros, mon super pouvoir aurait incontestablement été l'invisibilité. Cette révélation : on m'avait oublié. Déjà mort. Même (surtout) pour mes proches. Mais tout change souvent de manière abrupte. On avait été comme deux prodigieux chamanes capables de convoquer les esprits. Cela avait été une féérique fête spirituelle, la preuve de nos pouvoirs. Un jour l'amour était venu avec violence, avalanche, électricité, tsunami de signes sorciers, prenant éperdument toute la place dans nos vies et quand il avait été là nous avions eu le chagrin de découvrir que nous ne savions plus que faire de lui.

Le lent déclin de mes relations amoureuses, à présent. Un beau matin – mais en réalité c'est plutôt le soir vers vingt-et-une heures lorsqu'on doit encore regarder une série-tv car que faire d'autre ? – on sait avec une brutalité soudaine que c'est arrivé. Nulles mains ne toucheront plus notre corps, se regarder dans les yeux c'est bien fini, personne ne nous prendra plus dans ses bras en disant j'étais tellement impatient(e) que tu arrives. Notre cœur ne battra plus. Oui c'est ainsi que cela se passe, un soir, on sait que c'est arrivé : l'amour c'est du passé. Et tiens-toi bien, le plus grave c'est que ce n'est pas si grave. Reste nos carcasses épuisées à ne pas savoir qu'en faire. Dormir seul et douter qu'une âme puisse habiter cet amas de déchets. On sait alors que le prétendu bonheur d'être en vie ne suffit pas. Qui pourrait croire ça ? Qui pourrait accepter l'idée pathétique selon laquelle être en vie pourrait suffire ? Voici quelques mois j'ai lu une BD de Fabcaro : *Et si l'amour c'était aimer ?* Ce titre m'a bouleversé depuis. Et si l'amour, c'était aimer ?

Pourvu qu'elle continue de boire de l'eau, une personne adulte peut résister deux mois sans manger et d'autant plus longtemps que ses réserves en graisse sont abondantes. Mais quand l'organisme est obligé de puiser dans les protéines, les séquelles peuvent être graves, jusqu'à la mort. Un adulte moyen pourrait, en théorie, tenir entre soixante-dix et quatre-vingts jours sans manger, à une condition : boire de l'eau. Sans apport hydrique, il ne peut pas espérer vivre plus de trois jours. C'est ce que rapporte un groupe de médecins qui a suivi en Europe des grévistes de la faim entre 2017 et 2021. Mais cette durée peut varier en fonction des individus, puisque nous n'avons pas tous les mêmes réserves au départ. Ainsi, dans ce même rapport, les médecins rappellent que des patients obèses soumis à un jeûne thérapeutique sont capables de résister cent jours. Alors que chez un sujet lambda, la mort peut survenir dès le quarantième jour. *La privation de nourriture soumet en effet le corps à toute une série de problèmes, comme en témoignent certains mannequins ayant mis leur santé en danger. Dans un premier temps, l'organisme puise dans ses réserves classiques : d'abord dans les sucres, puis dans les graisses et enfin dans les protéines. En trois jours environ, les réserves en sucres sont épuisées. Après deux semaines, celles de graisses subissent le même sort.* Au menu de ces dix premiers jours : sensation de faim, perte de poids et crampes d'estomac. Jusque-là, pour un individu de constitution robuste, il est encore possible d'acheter son billet retour. Entre le dixième et le trentième jour, le corps n'a d'autre choix que de piocher dans les protéines et donc de dégrader les tissus. La liste des désagréments s'allonge alors. *L'affamé se sent faible, sa concentration diminue, il peine à communiquer. Vertiges, hallucinations, maux de tête, douleurs musculaires et abdominales, chute de la température corporelle. Passé un mois des complications sévères apparaissent : insuffisance rénale, hémorragie digestive, ictère.* Le corps lâche de partout. *Finalement, l'individu sombre dans le coma. La situation est à ce stade irréversible* (d'après Science & Vie QR n° 51 « Alimentation & bien-être ») – Ayant relu ce texte voilà peu, il s'était demandé si une mort de faim psychique pourrait exister. Réponse pensée à la vitesse de la lumière : oui bien sûr. Certains parviennent à mourir d'amour. Cherchant à survivre, l'esprit puiserait d'abord naturellement dans ses réserves sucrées de moments amoureux, les promesses, les croyances inventées à deux, les confiances. L'alliance. Puis dans ses graisses produites par la bienveillance mais aussi par la colère, la déception, les regrets, tout ce qui tanne le cuir. Avant que de se nourrir de ces protéines que sont les espoirs irrationnels, ces muscles de nos corps mentaux.

> ensuite ça
> s'est terminé
> sans trop
> qu'on sache
> pourquoi
> en fait.

L'autre nuit, au loin une fête. Musique violente et feux de camp. Suis allé voir le lendemain fin de journée lorsque tous repartis en ville. Dizaines de boites de bière abandonnées dans les herbes. Honte.

Pas croisé grand monde en regagnant mon refuge forestier après une baignade frisquette dans le lac d'Ilay. Deux ou trois randonneurs à l'air sévère et concentré de cadres supérieurs en quête de rédemption dans la nature, un ramasseur de quelque chose avec à coup sûr son sac à dos plein à craquer d'une plante interdite à la cueillette, peut-être même là-bas cette silhouette familière connue de tous les Jurassiens ce devait être le sculpteur Yann Perrier occupé à trouver des morceaux de bois ayant de la personnalité pour les inclure dans ses sulfures géants. Le lac d'Ilay ou lac de la Motte est un petit lac glaciaire à l'aspect sauvage sur les territoires des communes du Frasnois et de La Chaux-du-Dombief, à environ 800 m d'altitude. Il a une forme très allongée orientée SO-NE, il mesure 1,9 km sur 0,4 km avec une superficie de 72 ha et une profondeur moyenne de 10 m (double cuvette avec une profondeur maximale de 32 m). Je tremble à l'idée que quelqu'un tombe sur la caravane. Dise partout que je l'habite, que je fais mon Chris McCandless, prévienne le maire. Lequel préviendra quelqu'un d'autre qui préviendra quelqu'un d'autre etc. Du fait que chaque centimètre carré, chaque tronc d'arbre, chaque caillou est répertorié, surveillé jour et nuit (*Pour votre sécurité, vous êtes sous vidéo protection*), propriétarisé, on me reprendrait ma caravane.

Le lac d'Ilay (appelé aussi lac de la Motte donc) tire son nom de la petite île rocheuse dite île de la Motte à 200 m de la rive nord et sur laquelle a été construit un prieuré bénédictin au haut Moyen Âge, le prieuré Saint-Vincent-de-la-Motte, dont on a mis au jour des vestiges datant de l'époque de Charlemagne (années 800-850 environ). C'est MA caravane à présent. Je mange du raisin pour me calmer. Depuis l'enfance, le raisin m'apaise (du muscat de préférence). Une histoire de sucre, de graisse et de protéine encore. Que personne ne touche à ma caravane (surtout que j'ai passé des centaines d'heures à la rénover) sinon je ne répondrai de rien. Caché sous trappe dans la caravane j'ai ma carabine de chasse semi-automatique Benelli Argo Endurance 7X64. Belle arme. Se caractérise par une précision balistique sans égale. Les bois de noyer la constituant sont rendus précieux par le quadrillage à pointes Wood Touche™ garantissant une prise en sécurité dans toutes les conditions. Splendide mécanisme de fonctionnement A.R.G.O. (Auto Regulating Gaz Operated) à emprunt de gaz autorégulé, utilisant les gaz chauds, d'une plus grande pression et plus propres. Canon : 51 cm. Poids : 3.25 kg. Je suis pas mauvais au tir à 75 m. Très bonne carabine, rien à redire. Légère, fiable, robuste, bon prix.

Tout ce silence entassé ici, c'est ce que je voulais.

Qu'on ne touche pas à ma caravane je dis.

J'ai le souvenir ému qu'elle détestait jeter des fleurs fanées. D'après elle, c'était manquer de respect à la vitalité créative qu'elles avaient manifestées dans leur vase. Il fallait tenir compte des continuités latentes invisibles – ce qui meurt n'est pas si mort qu'on pourrait l'imaginer – et pour ce faire la bonne attitude était de remercier les fleurs pour leur complexe participation à l'augmentation spirituelle du monde. Quand elle m'expliquait ces réalités, je répondais, émerveillé, d'accord oui je comprends. Oui tu vois, elle ajoutait, je n'invente rien, je ne crée pas un sens nouveau basé sur une pathétique illusion consolatrice non je perpétue un rite pour que l'inachèvement du monde se poursuive. Pour que cela continue, pour qu'il vienne d'autres fleurs. Oui d'accord oui je répétais comme un demeuré. Il nous faut jouer notre rôle : admirer et transmettre. Et ce faisant, honorer. Tu vois ? (et maintenant je me remémore sans cesse son attitude et ses paroles. Au point que parfois je me rends compte que mes souvenirs m'empêchent de penser le présent).

On parlait également de mon projet de boutique internet de chaussures. Elle avait plein d'idées pour m'aider. Il fallait repérer les dernières tendances et les transposer dans une mode inspirante fabriquée en France, faire le pari d'un haut de gamme populaire. Satisfaire le client en faisant communauté avec lui. Être tribal. Lorsque nous avons arrêté de nous voir, j'ai mis ce projet de côté, plus le cœur d'entreprendre ni surtout de réussir.

La destruction de rats – bien payée par les communes, les hôpitaux et maisons de retraite de la région, les particuliers – suffirait. Dans la boite à gants de mon véhicule, je conserve comme un porte-bonheur un petit tableau qu'elle avait préparé pour que je l'apprenne par cœur. *Pointures de chaussures pour homme*, elle avait écrit sur le tableau d'une belle écriture papillotante d'énergie invaincue. Je conserve cette page d'évangile.

La plus vieille chaussure du monde a 5 500 ans et a été découverte dans une grotte en Arménie. La taille des chaussures s'exprime par la pointure. Pour mesurer sa pointure, il faut partir du talon jusqu'à l'extrémité du pied. Il existe différentes manières de désigner les pointures selon les pays. En Europe, on utilise un nombre à deux chiffres (compris entre 15 et 50, la longueur de pied correspondant, augmente de 2/3 de cm pour chaque pointure, soit 2 cm pour une pointure de 39). La pointure dépend grandement du fabricant (ou de la marque) et du pays auquel les chaussures sont destinées. Il n'existe donc pas de réel standard en ce qui concerne les équivalences et correspondances de tailles de chaussures. Par exemple : la taille 42 en Europe correspond à une taille 9 en Amérique pour la marque Puma (taille américaine) mais la même pointure pour la marque Nike sera équivalente à 8.5 mais pourquoi est-ce que je pense à toutes ces conneries en frappant comme un forcené dans mon sac de boxe ? Tellement besoin de taper cogner taper encore. Et recommencer.

C'est peut-être pas normal de vouloir taper comme ça, si ? La boxe c'est comme d'être sous l'orage. Comme une chute et ça fait mal comme de tomber d'un toit comme d'être à la rue comme de mourir un moment mais pas une éternité non plus. Boxer dans le vide.

Taper.

On m'a toujours dit, dans la vie il y a ceux qui font les choses pleinement et ceux qui les font à moitié. Peut-être serait-il sage de ne pas les faire du tout ?

De se mettre en grève. Pour tout ce qui est de l'amour par exemple, grève illimitée.

Moi j'ai toujours eu 9/20 partout. En <u>tout</u>. Quoi que je fasse, quoi que je dise, quelque décision que je prenne ce sera 9/20 à tout casser. Il m'est difficile de m'épanouir, c'est mon karma. Inutile de lutter. Je ne parviens pas à comprendre comment fonctionnent les rouages de cette grosse arnaque ayant voulu que j'existe. Que je subisse l'enfer de l'incarnation dans cette pseudo liberté suffocante ne pouvant, quoi que j'entreprenne, offrir d'issue heureuse. J'ai beau faire, tout me casse les couilles à la vitesse de la lumière. L'univers dans son entièreté, les gens que je croise, chaque nouveau matin, tout se ligue pour dire tiens voilà monsieur 9/20. Je ne prétends pas que je ne suis pas responsable, cet état de fait vient sans doute de moi, du moins en partie. Mais tu fais comment pour redresser la barre ? Pour prendre un nouveau départ avec les mêmes cartes en main ? Auprès de cette femme j'ai eu de l'espoir. Sans même savoir que c'était de ça dont il s'agissait, je me suis retrouvé empli d'espoir. Mais j'ai raté l'examen final. Surtout qu'en amour, l'examen tu le repasses tous les jours oui tous-les-jours-de-tous-les-jours, pour ainsi dire chaque heure, chaque minute, limite chaque seconde. Tout bascule en moins d'une minute. La minute d'avant on t'aime, la minute d'après c'est terminé. Les authentiques histoires d'amour durent en moyenne quatre bonnes heures voilà la réalité réelle en vérité je te le dis. Dans leur grande sagesse, la plupart des espèces animales veulent que les partenaires se croisent par hasard, s'accouplent, se séparent. C'est là la clé du bonheur. Les animaux savent comment s'y prendre dans ce bourbier infernal qu'est l'existence et cette suprême malédiction qu'est l'amour. Nous, non. On invente. Des histoires, des règles, des dominations. La douleur, l'anxiété, le mauvais sommeil, le doute abyssal, le surplace. Et là, perso, je suis bon. Ce sont mes domaines d'excellence. Premier de la classe. J'ai du talent pour le désastre. Champion. M'y connait en fausse piste, en cumul d'erreurs, en stockage de non-sens. Et, grande loi des grandes lois, qu'il s'agisse d'argent ou d'amour, la chance est récalcitrante avec moi. Pas de bonne fortune.

Erratum à répétition.

Des fois dans les magazines chez la coiffeuse à Lons-le-Saunier (celle qui a mis, avec une guirlande électrique multicolore clignotante, une énorme statue du Bouddha en pierre reconstituée dans sa vitrine) je lis l'interview d'une célébrité évoquant les débuts de sa prodigieuse carrière, elle dit « en fait je n'ai jamais voulu être dans le cinéma mais j'ai rencontré par hasard machin qui m'a proposé spontanément de bla bla bla ». Mais comment font ces gens pour rencontrer par hasard machin qui leur proposera spontanément de, etc ? Comment une telle chance est-elle possible ? Réponse (et j'ai longuement – très longuement – étudié la question croyez-moi) : <u>l'univers les aime</u>, l'univers les aide, l'univers pave leur route de pétales de fleurs à ces personnes chanceuses, favorisées, nées où il fallait pour être heureuses et passer les étés dans la maison de famille de l'île de Ré ou de Saint-Jean Cap Ferrat. Pour elles, c'est une affaire qui marche infailliblement. Moi – et c'est l'idée que j'en ai et on ne me l'ôtera pas de la tête car les faits à répétition sont là comme une longue rafale d'emmerdements dans la nuit la plus noire – j'ignore pourquoi mais je ne suis pas bien vu par la vie. <u>Elle ne m'aime pas</u>. J'ai beau dire et beau faire, gesticuler et chercher une autre route : inutile. C'est non. Niet. Next. La vie ne m'aime décidément pas.

Monsieur 9/20.

Karma : dogme central de l'hindouisme et du bouddhisme, selon lequel la destinée d'un être vivant et conscient est déterminée par la totalité de ses actions passées, de ses vies antérieures. Une autre vie serait impossible même s'il me venait l'idée débile de me réincarner dix mille fois ce serait dix mille fois la même merde.

Si je la revoyais par hasard – mais je crois que c'est impossible car le plus probable est qu'elle a quitté le Jura, retournant peut-être dans la région où vit sa famille, vers Montbéliard ? –, je ne saurais pas quoi dire. Il faut que j'y réfléchisse au cas où. Je dois absolument prévoir, préparer les bonnes phrases et les stocker dans mon disque dur mental. Comme je sais que la mince frontière entre le possible et l'impossible la passionne, ce serait un bon plan par exemple de l'entretenir des rumeurs selon lesquelles on aurait aperçu du côté sud du pic de l'Aigle et dans les bois déserts des communes d'Uxelles, de Bonlieu et de La Chaumusse ce qui pourrait s'apparenter à un hérisson géant. On nagerait en pleine cryptozoologie avec ce dossier délicat. Mais il faudrait voir. Le terme a été inventé par le biologiste écossais Ivan T. Sanderson (1911-1973). Ce néologisme désigne, je cite Wikipedia, *une science qui tente d'étudier objectivement le cas des animaux seulement connus par des témoignages, des pièces anatomiques ou des photographies de valeur contestable*.

Il n'existe aucune formation universitaire, ni aucun institut scientifique officiel de cryptozoologie c'est véritablement regrettable, non ? Je devrais suivre une formation en quelque chose et créer une université ou un institut de de cryptozoologie.

Le hérisson géant du Jura mérite que l'on s'intéresse à lui. Comme elle l'analysait elle-même, le mécanisme de précision de la réalité se dérègle brusquement quelquefois. C'est comme un moteur qui se grippe si vous voulez. Une fois mon Lada Niva n'a plus rien voulu savoir alors que je roulais sur une piste de montagne vers Prémanon. La voiture s'est stoppée avec tous les voyants allumés. J'ai essayé de redémarrer, elle ne voulait plus et t'avais le moteur qui faisait tac tac tac façon surchauffe estivale. Une heure plus tard j'ai pu repartir et l'étude du moteur, soigneusement réalisée par l'ami d'un ami, n'a rien permis de déceler comme anomalie. C'est la même chose pour la réalité, parfois celle-ci se bloque et va repartir. Et lorsque cela se sera produit on aura, sans explications particulières, un hérisson géant (le même que celui que l'on connaît mais dans un format de trente à quarante kilos, cinquante si ça se trouve). Comment croyez-vous que la communauté a réagi lorsqu'on a découvert le premier okapi (*Okapia johnstoni*) au Congo en 1901 ? Il n'aurait pas dû exister, c'était seulement un mythe pygmée et pourtant il était là. Sir Harry Hamilton Johnston (1858-1927), futur gouverneur de l'Ouganda, curieux de cet animal étrange, partit en 1899 à sa recherche, persuadé qu'il s'agissait d'une nouvelle espèce de zèbre (donc du genre *Equus*). Mais il réussit à se procurer la peau entière d'un okapi ainsi que deux crânes. Leur étude révéla qu'il ne s'agissait pas d'un zèbre mais d'une espèce d'un nouveau genre. Oui si je la revois, nous parlerons cryptozoologie c'est une bonne idée voilà j'ai trouvé je suis blindé en cas de rencontre inopinée.

On le sait bien même si on le refuse farouchement : rien ne peut durer, surtout pas le réel. Ce dernier mute comme je l'ai dit plus tôt. Ce faisant, le temps s'enfuit, nous emporte avec lui mais on ignore vers où (à moins, c'est plus probable, qu'il ne nous laisse sur place, bras ballants et démantelé). Le sentiment d'irréalité est la seule chose solide. La plupart des gens croient dur comme fer que leur vie est réelle. Leur vie c'est : les gens qui les entourent, les lieux familiers, les objets quotidiens, les sentiments et les idées, les craintes et les douleurs, les projets, les trajets, l'attente (beaucoup beaucoup d'attente. Attendre les vacances, un week-end, un anniversaire, des résultats médicaux, l'acceptation d'un prêt bancaire). Et ce faisant, parce-que le siècle veut ça, tout le monde se vautre dans l'intelligibilité logique. Alors pas de hérisson géant, d'accord. Mais ici n'est pas seulement ici, ici existe également ailleurs, là où ce qu'on ne voit pas continue, prolonge le réel, le modifie plus ou moins. Le monde est fabuleusement corpulent. Démesuré.

Il faut savoir baisser la garde devant l'impensable. Se connecter avec le plausible, lui offrir sa chance. Un jour ou l'autre ce hérisson sera découvert – peut-être à dix mètres de la caravane – ceci pour la bonne raison qu'un jour ou l'autre l'imagination (qui est la matière exclusive de l'œuvre de la nature) s'en mêlera. Ce qui court secrètement dans les fougères, sur les plages minuscules de galets ou de rochers du Suran, de la Bienne ou de la Valouse, ce qui se cache dans les ramures, le temps qu'on lève les yeux ça a disparu. Mais c'est là. La vie tient à bout de bras le possible. L'impossible lui est étranger.

Chris McCandless, mon frère d'armes.

J'aurais aimé te présenter mes amis l'alisier blanc le sorbier des oiseaux l'aulne à corbeaux le charme commun le chêne pédonculé l'érable champêtre le frêne commun le merisier le poirier sauvage le saule marsault le tilleul argenté. Ma caravane, le hérisson géant. Et cette femme qui est domiciliée dans mon cœur. Cette femme cosmique aux yeux gris comme ces nuages indomptables de novembre.

Chris, lorsque des chasseurs t'ont retrouvé mort dans ton sac de couchage, ton portefeuille contenait ta carte de sécurité sociale, ton certificat de naissance, ton permis de conduire, des cartes de bibliothèques, et une carte de santé émise dans l'état du Nevada.

Il contenait également $300,00 ce portefeuille. Ces éléments, sur lesquels Jon Krakauer insiste peu, jettent une lumière différente sur ton aventure comme l'indique Wikipédia : on peut prudemment en déduire que, ayant conservé ces documents administratifs, tu avais bien l'intention de retourner à la civilisation au terme de ce long séjour en pleine nature alaskane. Tu imaginais un après. Lors de ton agonie, englouti par tout ce silence, tu as peut-être rêvé d'une tarte aux pommes tout juste sortie du four (odeur caramélisée) et de retrouvailles familiales. Je vais persévérer pour toi, je vais prolonger ton raid, je vais approcher la nature et m'éloigner de l'humanité. Avec modestie, entre le pic de l'Aigle et le belvédère des Quatre-Lacs, Jura..

Ce sera comme si.

Mais à l'issue de deux semaines de rude solitude forestière, ponctuée de bien trop régulières courses urgentes à la supérette de La Chaux-du-Dombief ou – histoire de rouler un peu – à celle du Lac-des-Rouges-Truites, il dit ok ça va comme ça. Lucidité.

D'autant plus que les longues déambulations dans les bois se révèlent avoir moins pour but l'observation d'un couple de milans noirs dans les altitudes que l'obsession de retrouver une zone où capter internet de nouveau sur son smartphone. C'est terrible cette servitude, il a pensé avec désolation, soulagé d'avoir enfin du réseau.

Chris McCandless pardonne-moi mais ta vie non ce n'est pas pour moi on dirait. Lucidité lucidité. Alors tu comprends. Je ne t'abandonne pas mon ami, on reste ensemble mais ce sera différent de ce que j'aurais désiré. J'espère sincèrement que tu ne m'en voudras pas et que nous resterons bons amis, vraiment c'est mon souhait le plus cher. L'amitié c'est faire le voyage ensemble mais ne pas voir le même paysage.

Il tape longuement dans le punching-ball suspendu à sa branche de chêne. Besoin de taper taper taper, encore plus que d'ordinaire. Frapper jusqu'à l'aveuglement à cause de toute cette sueur dans les yeux. Le regard illuminé. Serviette éponge. Il ramasse ensuite une partie de ses affaires, prévoyant de venir chercher le reste mardi prochain. D'ailleurs ce sera bien, épisodiquement, le plus souvent que possible, de revenir ici passer des journées dans la vérité de la nature. De temps à autre, être celui qu'il voudrait être. Pour lire, prendre le temps de respirer, contempler la splendeur fractale des frondaisons, pactiser avec la mésange du coin, dormir au calme bercé par le hululement sacré des oiseaux de nuit.

Ce sera la pêche le barbecue avec ce bois coupé par soi-même, ce sera courir les prairies pour identifier le lys martagon, l'œillet des chartreux et le salsifis des prés. Ce sera calculer les nuages et leur hypothétique projet de pluie. Contempler la fière gentiane, cette grande dame ascétique.

Une croyance locale bien présente chez les gens de montagne raconte que la hauteur des gentianes indiquerait la hauteur de neige pour l'hiver suivant. Toutefois il n'existe plus ni givre ni neige ou si peu c'est mort le Jura des rudes hivers. C'est un passé de cartes postales. N'existe plus que ce qui aurait pu être. Et n'est pas. Et désormais vagabondera jusqu'à la dernière seconde dans ta tête.

Pas compte
Je ne me rendais pas compte

Méchant coup de fatigue.

Se sentir
tout à coup
si petit
comme abrégé
édulcoré pâli réduit
fondu sapé résumé

Dans une grande stupeur, il comprend et admet que si cette caravane peut produire la paix de l'âme (pas question de remettre en cause le dogme alaskan. On ne lâche rien), ce ne sera pas pour l'instant. Non. Au loin, des tourterelles des bois roucoulent sans se poser de questions mais un silence supérieur donne le sentiment que la forêt est une personne mutique, enfermée dans ses terribles pensées. Il faut la laisser tranquille, la quitter pour qu'elle existe authentiquement. Malheureux, il s'éponge encore le front, boit un demi-litre d'eau citronnée en pensant toujours à cette femme (que fait-elle à cet instant précis ?), décroche le sac à boxer, le range avec soin à l'abri dans la caravane. Ensuite il urine sur l'herbe sonore. Récupère la carabine de chasse semi-automatique Benelli Argo Endurance dans son bel étui de cuir avec une décoration de cerf bramant pour la déposer avec piété sous le siège avant-passager du Lada Niva, à sa place, à sa place de toute éternité. Son âme blessée s'assombrit, prend froid. Il considère ensuite longuement le vol d'un milan noir, analysant sa spacieuse trajectoire élégante. Plus tard, il débranche le panneau solaire. Il fait la vaisselle. Ferme tout comme il faut, vérifie une fois deux fois. Puis il rentre en ville.

(*Survivant,* 2021. Nouvelle publiée sous le titre *Pic de l'aigle et belvédère des quatre lacs* in le recueil *Sapin président*, Hispaniola Littératures, 2021)

Avec le soutien de Rose Evans, Olivier Millet (*Hispaniola Littératures*) / Ludmilla de Monfreid et Zoé Agbodrafo (*Totemik CrowFox*) / **Merci** à Christopher Johnson McCandless, Jon Krakauer, Sean Penn, Karma Ripui-Nissi, Daisy Beline, Karl Bilke, Murray Bookchin, Rick Grimes, Fabrice Gallimardet, Pierre-Alain de Cortebresse, Pascal Leroy-Deparcland, Carine Racine, Evgeny Karchevsky, Earl Pilgrim, Darius Siam, Michel Brignot, aux lecteurs de la librairie BoD / merci à Marie Doré, Julia Woolf et Sébastien Breton (*Lapin à Métaux*) ; Astrid Laramie, Olivier Bastille de Gouges et Paul Astapovo (*Fondation Carlota Moonchou*) ; Bob Collodi et Maria Quiroga *(Académie royale des littératures Orélides)* ; Laurent Battistini, Piotr Bish et Aksana Lydia Oulitskaïa (*Neness Danger*) / **Survivant** / Éditrice : Rose Evans / Photographies de couverture : Carine Racine (recto) et Evgeny Karchevsky, Unsplash (verso) / Mise en pages : Anastasia Tourgueniev et Zoé Agbodrafo (avec Béthanie Rib et Nina Nobel) / Dépôt légal juin 2021 / ISBN 9782322268702 / Imprimé en Allemagne / www bod.fr / www. aubert2molay.vpweb.fr / © Ph.A2M, 2021 © Hispaniola Littératures, 2021 /

www. aubert2molay.vpweb.fr

du même auteur chez Hispaniola Littératures,
disponible en librairie et sur le site BoD www.bod.fr

Collection L'Inimaginée
(Littérature de l'imaginaire)
-PETIT TRAITE DE SORCELLERIE ET
D'ECOLOGIE RADICALE DE COMBAT
-DOULEUR FANTÔME

Collection L'imaginable
(Littérature blanche)
-SAPIN PRESIDENT

Collection 1 nouvelle
-TOUTE PETITE FILLE DES DRAGONS
-SUPERETTE
-LA HAUTEUR
-LA MORT DE GREG NEWMAN
-DIX ANS AVANT LA NUIT
-SELON LA LEGENDE
-S'ENFERMER DANS UNE CABANE ET ECRIRE
-EN MARCHE
-LECON DE TENEBRES
-L'HIVER 1877 DE MISS EMILY DICKINSON
- LA ROUSSEUR DU RENARD
-TECHNIQUES DE VOL HUMAIN
EN CIEL NOCTURNE
-LA FEE DES GRENIERS
-ROUTE DU GRAND CONTOUR
-LE DOCUMENT BK 31
-FANTÔMES D'ASTREINTE
-BRODERIES ET TRAVAUX D'AIGUILLES
-LA REPUBLIQUE ABSOLUE
-LA BONNE LONGUEUR DE MECHE
-MADRID, ETATS ZUNIS D'AMERIQUE
-INTERNITE
-SURVIVANT
-SUPER HEROS À TEMPS PARTIEL
-POUR UNE FOIS QU'IL NEIGE
-KANSAS ET ARKANSAS

Collection 1 nouvelle